Cornelius
y la
Estrella Perro

Texto de Diana Spyropulos

Ilustraciones de Ray Williams

ornelius Basset-Hound, habitante de Condado de Dogberry, no creía en participar en juegos o aventuras. Creía en aquello que era provechoso y ayudaba a que su maíz fuese alto y dulce.

Cornelius y su esposa, Cherie, vivían en una magnífica casa de labranza con sus once cachorros adultos y sus veintisiete cachorros-nietos.

RT. 7-118
CORNELIUS
BASSET
HOUND &
FAMILY

 ornelius poseía muchas cualidades admirables. Era honesto, trabajador y formal. Por desgracia, también era bastante cascarrabias.

Cuando los cachorritos jugaban ruidosamente, agitaba la pata severamente y ladraba: "¡Los cachorros deben verse y no oírse!". Y cuando sus cachorros adultos se reunían para cantar bajo la luna, Cornelius se quejaba: "¡Vaya manera más tonta de perder el tiempo!"

ornelius se consideraba un perro distinguido; un perro que siempre hacía lo correcto. Pero los otros habitantes de Dogberry encontraban que tenía un corazón seco como un hueso.

Cada vez que Cornelius bajaba al pueblo, ellos ponían los ojos en blanco y se reían entre dientes, "Ahí viene el Sr. Perfecto".

SPECIAL DOG BU

15¢ lb

n su juventud, Cherie había sido una famosa
perrita artista. Todavía le gustaba cantar y
bailar mientras cuidaba de su numerosa familia.

diferencia de su avaricioso marido, Cherie tenía un corazón abierto y lleno de amor. No podía evitar compartir un plato de comida con cada animal hambriento que pasaba por su granja.

Cornelius era especialmente grosero con los vagabundos sin hogar como Tucker Terrier. "¡Ahí se van los huesos que con tanto esfuerzo me he ganado!", se quejaba. "Mi querida esposa, ¿no te he dicho una y otra vez que un hueso ahorrado es un hueso ganado?". Pero Cherie se limitaba a mover la cola y a continuar alegremente con sus tareas, sin cambiar jamás su actitud generosa.

ntes de que pudiera darse cuenta, Cornelius se había vuelto muy, muy viejo. Ahora pasaba la mayor parte del tiempo sentado en silencio en el porche contemplando sus adorados campos. "Me cuesta creer que sea verdad" se decía. "Yo, Cornelius Basset-Hound, pronto me habré marchado".

Pero, en realidad, la muerte no le preocupaba. Cornelius estaba tan seguro como el pelo de su hocico de que le estaba reservado un lugar muy especial en el Cielo de los Perros.

n aquellos días, cuando los jóvenes correteaban ruidosamente por la casa, el viejo Cornelius levantaba débilmente la pata y musitaba: "Los cachorros deben verse y no ahorrarse...Quiero decir, un ahorro ganado.... una ganancia huesada..."

"Sí, cariño, un hueso ahorrado es un hueso ganado", le susurraba Cherie, besándolo con mucha suavidad en su largo hocico.

na noche de verano, mientras millones de estrellas brillaban en el cielo, Cornelius Basset-Hound se quedó dormido en su butaca y dejó escapar su último suspiro. Súbitamente, se encontró flotando cerca del techo, contemplando su propio cuerpo. Al principio le pareció un sueño de lo más extraño. Luego dio un grito sofocado: "¡Esto no es un sueño! ¡Estoy muerto!".

 ornelius fue arrastrado hacia arriba y entró en un brillante túnel de luz, girando y elevándose cada vez más por encima de la Tierra. Entonces, el asombrado basset hound, que nunca se había aventurado más allá del Condado de Dogberry, se encontró volando delante de la luna plateada, atravesando la Vía Láctea y dirigiéndose hacia las encumbradas puertas del Cielo de los Perros.

 nte las puertas celestiales se encontraba San Bernardo, ataviado con una resplandeciente túnica y coronado con un halo dorado. Más arriba, un Coro Canino entonaba gloriosos himnos celestiales.

uando Cornelius llegó a la parte delantera de la cola, San Bernardo hojeó sus pergaminos oficiales, movió la cabeza negativamente y suspiró. "Oh… eres tú".

"¡Sí, señor, soy Cornelius Basset-Hound, del Condado de Dogberry!".

"Así es, …y no estás preparado para entrar en el Cielo".

"Debe haber algún error", dijo con voz entrecortada. "¿Cómo que no estoy preparado?".

"Bueno, para empezar, no eres nada divertido. ¿Quién quiere pasar la eternidad con un viejo avaro y gruñón?", replicó San Bernardo.

"Pero si toda mi vida he sido un perro distinguido", exclamó Cornelius. "Siempre intenté cumplir con mi deber".

"¿Y qué me dices del amor? ¿Qué me dices de la generosidad, Cornelius Basset-Hound? Para entrar en el Cielo debes abrir tu corazón y aprender a mostrar tu amor".

Rascándose la cabeza, terriblemente confundido, Cornelius se alejó lentamente. "Pues no lo entiendo. ¿Qué quiere decir con eso de abrir mi corazón?".

ornelius miró hacia atrás y se quedó perplejo al ver a Tucker flotando y atravesando feliz las puertas celestiales. "¿Qué está sucediendo aquí?", se quejó el aturdido basset hound. "¡Si no es más que un vagabundo!".

ientras descansaba en una pequeña nube, Cornelius movió la cabeza incrédulo. "San Bernardo ha cometido un terrible error. Yo sí amaba a mi familia. Desearía, oh, desearía…"

ué desearías?" sonó una voz imponente desde el cielo.

"Desearía poder ver a mi familia", dijo Cornelius. Entonces, pestañeando asombrado, ladró: "¿Quién eres tú?".

"Soy Sirio, la Estrella Perro. ¿En qué puedo ayudarte?".

Mirando fijamente el radiante rostro de la Estrella Perro, Cornelius dijo abruptamente: "Estoy tan confundido. Ya no entiendo nada. Y, ciertamente, ¡no me gusta estar muerto!".

"¿Muerto?", exclamó Sirio. "¿Cómo podrías estar hablando conmigo si estuvieras muerto? Lo único que ha pasado es que te has desprendido de tu viejo y gastado cuerpo. Dime, ¿lo echas de menos?".

Repentinamente, Cornelius se dio cuenta de que no había sentido ni el más mínimo achaque o dolor desde que había abandonado su viejo cuerpo. Y su mente estaba perfectamente clara. "¡Un hueso ahorrado es un hueso ganado!", gritó jubiloso.

"¿Perdón?", preguntó la Estrella Perro. "La verdad es que pareces un poco confundido".

"Bueno, necesito corregir un terrible error. San Bernardo dice que no estoy preparado para entrar en el Cielo… que soy un viejo avaro y gruñón. Pero, si pudierais ver cuánto me echa de menos mi familia, ¡entonces sabríais lo equivocado que está respecto a mí!".

"Es posible verlo" sonrió Sirio. "Sólo tienes que desearlo con todas tus fuerzas".

e modo que Cornelius lo deseó y lo deseó, hasta que, a través de la brillante luz de Sirio, pudo ver cada una de las habitaciones de la vieja casa de labranza. Al principio se sintió muy feliz de ver a su familia. Pero, luego, ¡no pudo creer lo que veían sus ojos!

A excepción de Cherie, nadie parecía estar triste en lo más mínimo. Los cachorros correteaban por la casa, jugando ruidosamente y haciendo bromas tontas. Estaba perfectamente claro que no le echaban de menos.

"Después de todo lo que he hecho por ellos", lloró Cornelius. "¿Por qué no me echan de menos? Yo los quería tanto".

"Cornelius, amigo mío, dices que amabas a tu familia pero, ¿cómo lo demostrabas?".

"Riñéndoles, por supuesto", respondió Cornelius. "Riñéndoles todos los días, ¡para que siempre hiciesen lo debido!".

"¿Podría ser esa la razón por la cual no te echan de menos?", preguntó la Estrella Perro suavemente.

ientras desaparecía la visión de la granja y su familia, Cornelius aulló a las lunas, a las estrellas y a las constelaciones. "Debe ser cierto. ¡Era un viejo cascarrabias! ¡No me extraña que no me echen de menos!". Lloró, y un mar de lágrimas brotó de sus ojos. "Ni una sola vez les dije que les quería. Ni siquiera a mi adorada Cherie. Oh, Sirio, ¿qué debo hacer?".

ebes encontrar la manera de abrir tu corazón", le susurró la Estrella Perro. "Ahora, amigo mío, debo irme".

"¡Por favor, no me dejes!", le suplicó Cornelius.

"El viaje del corazón debe realizarse a solas", resonó con un eco la voz de la Estrella Perro, mientras ascendía hacia un mar de estrellas.

ornelius contempló la vasta extensión del espacio y empezó a temblar. Súbitamente, recordó a los perros sin hogar que pasaban por el Condado de Dogberry. "¿Será posible", se preguntó, "que yo también me haya convertido en un vagabundo?".

Después de reunir valor, Cornelius empezó a vagar por los cielos infinitos. Viajó y viajó, hasta que un día, sintiéndose muy cansado y solo, gritó: "¡Tiene que haber un lugar especial para mí! ¿Podría alguien ayudarme a encontrarlo, por favor?".

Perdido entre sus lágrimas, Cornelius no percibió que las estrellas se estaban acercando unas a otras. Cuando, finalmente, miró hacia arriba, un mensaje celestial brillaba en el cielo.

CONÓCETE A TI MISMO

ÁMATE A TI MISMO

EL AMOR Y LA RISA LAS MEJORES MEDICINAS

ientras Cornelius contemplaba las centelleantes estrellas, su tristeza se transformó en alegría. "¡Nada puede hacer que un perro bueno siga estando triste!", exclamó poniéndose en marcha con un salto para continuar su búsqueda.

oco después, Cornelius se encontró con una reluciente ciudad celestial con suntuosos parques, edificios y fuentes. Bajo un árbol en flor, un grupo de radiantes y tranquilos perros charlaba sobre las maravillas del universo. "Únete a nosotros", le llamaron.

Cornelius estuvo un rato con ellos, pero apenas sabía qué hacer o decir al verse rodeado de estas almas resplandecientes. "No me siento cómodo aquí", se dijo. "Pero me gustaría parecerme más a ellos".

ntonces, ante sus ojos se apareció un ángel resplandeciente. "He oído tu deseo", dijo suavemente. "Conozco un lugar donde puedes aprender muchas cosas".

Tomando a Cornelius de la pata, lo condujo silenciosamente a través de los cielos. Cuando se detuvieron al borde de una verde pradera, el ángel sonrió, y luego desapareció sin dejar rastro. Cornelius vio docenas de perros riendo estrepitosamente mientras rodaban por los altos pastos. "¿Qué es tan gracioso?" preguntó.

"Estamos aprendiendo a tomarnos a nosotros mismos a la ligera" replicó un jovial bulldog. "En la Tierra éramos demasiado serios, de modo que ahora estamos recuperando el tiempo perdido. Ven con nosotros".

Cornelius se sintió cómodo enseguida con los risueños perros. Tuvieron largas conversaciones y se divirtieron muchísimo contándose historias sobre sus aburridas vidas. Y cuando Cornelius empezó a aprender a reír, poco a poco, su corazón comenzó a abrirse.

 unque Cornelius disfrutaba estando con sus nuevos compañeros, cada vez que pensaba en su vida en la Tierra, se arrepentía de haber sido un viejo tan cascarrabias y avaro. "Estaba tan ocupado siendo el Sr. Perfecto, que nunca aprendí a ser un buen amigo".

Cornelius echaba de menos a su familia, más que nunca. Empezó a soñar con formas de mostrarles su amor, como, por ejemplo, jugando ruidosamente con sus cachorros-nietos, cantando bajo la luna con sus cachorros adultos, o bailando pegado con Cherie.

Entonces su corazón se hincharía de ilusión y alegría, como el corazón de un cachorro. "El amor nunca muere" susurraría. "Nada es más profundo, ni más dulce, ni más fuerte que el amor".

 legó el momento en que Cornelius supo que debía abandonar los verdes prados para continuar el viaje de su corazón. Sintió un deseo irresistible de ascender por la majestuosa montaña de nubes que se vislumbraba en la distancia.

l llegar a la cumbre de la montaña, Cornelius descubrió un jardín que resplandecía con una luz pura y suave. Había flores brillantes, fuentes de arco iris y charcas de cristal por todas partes. En el centro del jardín encontró un cuenco de oro con su nombre grabado en el interior. Dentro del cuenco había un hueso resplandeciente. "¡Todo aquí es tan hermoso! ¿Será este mi lugar especial?".

ornelius se sorprendió al ver a un perro conocido que venía trotando en dirección a él. A pesar de su pelo desaliñado y sus ropas harapientas, la visión de Tucker Terrier le alegró sobremanera. "¿Qué estás haciendo aquí?", exclamó Cornelius. "No hace mucho tiempo, te vi atravesando las puertas del Cielo".

"Ese no fue más que el inicio de mi viaje. Desde entonces he tenido unas aventuras increíbles", respondió Tucker. "¿Y tú qué?". Así empezó una conversación de lo más animada.

En el resplandor del jardín, los dos perros se sentaron juntos alegremente, compartiendo recuerdos de sus vidas terrenales y sus aventuras celestiales. Tucker movió la cola y rió: "Fíjate en mí. Sigo teniendo aspecto de vagabundo".

Cornelius no pudo evitar reír él también, porque ahora sólo era capaz de ver el amoroso corazón de Tucker. Tomando el hueso que había en su cuenco de oro, Cornelius lo partió en dos. Mientras le ofrecía el trozo más grande a Tucker, su corazón cantó: "¡Un hueso que es compartido llena dos corazones para siempre!".

 espués de despedirse de Tucker, Cornelius descansó entre las flores. Con la primera luz del amanecer, vio su reflejo en una de las charcas. "¿Ese soy yo?".

Todo su cuerpo estaba resplandeciente de luz. Cornelius vio rayos de amor divino fluyendo desde su corazón. "¿Podría ser verdad?", se preguntó. "¿Será mi corazón ese lugar especial que he estado buscando?".

Mirando a su alrededor, se dio cuenta de que esa misma luz divina brillaba en cada flor, en cada árbol y en cada estrella. De repente, Cornelius Basset-Hound empezó a bailar la giga de la manera más alegre que jamás se haya visto en el Cielo o en la Tierra.

UÉ BUEN BAILARÍN ERES!", sonó una voz profunda y familiar.

"¡Sirio! ¡Cuánto me alegro de volverte a ver!".

"¿Cómo va tu viaje?", preguntó la Estrella Perro. "¿Qué has descubierto?".

"Después de tu partida estuve un poco alicaído", admitió Cornelius. "Pero desde entonces he tenido las aventuras más maravillosas. En una ocasión, un ángel me condujo hasta un grupo de perros que se parecían mucho a mí. Aprendí a reírme, especialmente de mí mismo.

"Luego me hice amigo de Tucker, uno de los perros a los que traté tan mal en la Tierra. Es un tipo estupendo. ¡Oh, Sirio, es tanto mejor ser un buen amigo que un viejo avaro y cascarrabias!".

"Mucho mejor", asintió Sirio. "Has llegado lejos, Cornelius Basset-Hound, muy lejos, y tu corazón se ha abierto de par en par".

hora, amigo mío, ha llegado el momento de hablar de tu futuro", continuó Sirio. "Por descontado, eres libre de permanecer aquí, en los reinos celestiales, tanto tiempo como quieras. Puedes elegir vivir en otro planeta… o puedes reunirte con tu familia en la Tierra".

"¡Espera! ¿Qué quieres decir con eso de reunirme con mi familia?".

"Podrías volver a nacer esta misma tarde", brilló Sirio, "como tu propio tatara-tataranieto. Pero recuerda, la vida en la Tierra puede ser muy difícil, y …"

"¡Quiero volver con mi familia!", lo interrumpió Cornelius con un grito que sacudió los cielos.

"¡Como yo pensaba!", rió la Estrella Perro. "Claro que, probablemente olvidarás que fuiste Cornelius Basset-Hound del Condado de Dogberry y que habías vivido antes".

"Hay una cosa más, mi querido amigo. Intenta recordar que nunca estás solo. Dondequiera que vayas, la Luz del Cielo siempre brilla en tu corazón".

e modo que, a las 3 en punto de esa misma tarde, una nueva camada de cachorritos llegó a la vieja casa de labranza. La tatara-tatarabuela Cherie se sintió especialmente atraída hacia un diminuto personaje, cuya coloración le resultaba muy familiar. Pidió que le llamaran Cornelius.

**M**ientras Cornelius crecía, lo que más le gustaba hacer era conseguir que las colas de los otros perros, o de los cachorros, se menearan de felicidad. La vieja casa de labranza estaba más ruidosa y alegre que nunca.

Al cachorrito de orejas colgantes le encantaba estar cerca de su tatara-tatarabuela. Siempre que se quedaban solos, ella lo besaba suavemente en su pequeño hocico y le susurraba: "Tú eres mi alegría y mi consuelo".

 na noche de verano, cuando Cornelius ya era casi un adulto, Cherie lo encontró en la escalinata del porche, contemplando el cielo estrellado. "Ven a dormir, cariño", lo llamó. "Has estado levantado durante casi la mitad de la noche".

Pero Cornelius no podía dejar de observar la luna, las estrellas y las constelaciones. Estaba intentando recordar algo, algo que alguna vez había sabido acerca de los centelleantes cielos, y sobre sí mismo.

Durante todo ese tiempo, Sirio, la Estrella Perro estuvo titilando y destellando las bendiciones del amor sobre él.

¿Fin?

A la sabiduría revelada por todos los Grandes Maestros:
El Reino del Cielo está dentro de ti
La verdad te hará libre

◆

DIANA SPYROPULOS

"A mis queridos hijos, Peter y Danielle, y a mi querida
madre "pájaro-salvaje", Katherine Spyropulos"

Diana nació y creció en la ciudad de Nueva York. Desde que se graduó en la Universidad de Nueva York, ha sido profesora de inglés en la escuela secundaria, asistenta social, cantante/cantautora y actriz. Las canciones de Diana han sido grabadas e interpretadas en televisión, radio y en numerosos clubes nocturnos. Ha publicado varios poemas, cuentos cortos y un libro de texto de estudios sociales.

A Diana le encantan las tormentas, los libros de C. S. Lewis y soñar que vuela. Vive en el Estado de Nueva York con sus hijos, Peter y Danielle, y su viejo y sabio gato, Aslan.

RAY WILLIAMS

"Dedicado a mi hijo Dylan y a su perro"

Ray fue un "hijo del ejército", y creció en lugares exóticos, como Italia y Libia. Su aproximación surrealista al arte refleja su eterna fascinación por las cosas únicas, inusuales y extrañas, lo cual probablemente proviene de sus raíces gitano-irlandesas.

Las pinturas de Ray suelen aparecer en exposiciones, en revistas de ciencia ficción/fantasía, en libros y en galerías (ganando, con frecuencia, el premio a "lo mejor de la exposición" y los premios del público). Su empresa, Village Idiot Artworks, tiene su sede en Longview, Washington, donde Ray vive con su hijo y con Midnight, su gato negro de trece años de edad.

◆

"Además de dar las gracias a Diana Spyropulos y a Ray Williams, quisiera agradecer también a cuatro personas muy talentosas por su inapreciable contribución en la edición y la producción de este libro tan especial: Ruth Thompson, Judy Tompkins, Alison McIntosh y Arrieana Thompson".

John Michael THOMPSON, Editor